samia oliveira

nasceu em 1996, são paulo. é sapatão, padeira e psicóloga.

ESSA FOME
CHAMADA DESEJO

samia oliveira

editora Urutau
primeira edição
2023

O —

editora Urutau

rua do cajú, 478,
jardim das cerejeiras
06724-015
cotia-sp (brasil)

rua manuel pacheco nobre, 128 - 5º esquerdo
2830-080
barreiro (setúbal)
portugal

[+351] 928053619 [portugal]
[+55] 11 95608 8983 [brasil]

www.editoraurutau.com.br
contato@editoraurutau.com.br

[EDITORA]
debora ribeiro rendelli
[REVISÃO]
juliana palermo
[PROJETO GRÁFICO]
wladimir vaz
[COORDENAÇÃO GRÁFICA]
tiago fabris rendelli
[DIAGRAMAÇÃO]
victor h. azevedo
[CAPA]
victor h. azevedo, sobre fotografia de chris black.

dados internacionais de catalogação na publicação (CIP) de acordo com ISBD

Oliveira, Samia
O48e Essa fome chamada desejo / Samia Oliveira. - Cotia : Urutau, 2023. 148 p. ; 14cm x 19,5cm.

ISBN: 978-65-5900-611-3

1. Literatura brasileira. 2. Poesia. I. Título.

2023-3465 CDD 869.1
CDU 821.134.3(81)-1

Elaborado por Vagner Rodolfo da Silva - CRB-8/9410

sumário

nunca amar
o que não
vibra

nunca crer
no que não
canta

Orides Fontela

FOME

*

uma couraça recobre meu corpo
e se confunde com a minha pele
me protege do mundo
deixa a marca do medo cravada na minha carne esfolada
meu corpo em desencanto
se arrasta por cômodos flutuantes
tateando cego e errante
qualquer superfície de contato
mudez aguda:
questão de sobrevivência
tomo emprestadas palavras de um outro eu
fantasma que desconheço
minha voz não encontra a garganta
é engolida
o desejo embrutecido
a fome confundida com o medo
não sei dizer onde começa a pele
onde termina a couraça
mas ouço as rachaduras
se abrindo na carcaça
a única saída:
atravessar o indizível
e ser estilhaçada pela palavra

*

tenho uma ferida aberta no desejo
curá-la
requer
rasgar-me inteira

*

me ame debaixo do sol do meio-dia
à deriva das ondas mansas que nos flutuam
mas me ame
sobretudo
na ressaca da maré de lágrimas
no mar revolto
que vez ou outra
nos arrebata.
me encontre viva na praia

*

aqui nesse lugar
que estranhamente
arbitrariamente
decidimos chamar casa
as torneiras pingam sem parar
as paredes ganham marcas das infiltrações que vazam dos meus olhos
nossa cama, intacta
exceto pela umidade do meu corpo febril
molhando o lado vazio
nossos lençóis amarrotados
e incrivelmente intocados
sua ausência é um fantasma que se arrasta pelos cômodos
e dorme comigo do seu lado da cama

delírio

na beira do absurdo
talvez loucura se pareça muito
com ter meu corpo atirado no escuro
sem saber quem apagou a luz

*

eu sou o ridículo do mundo
eu rasgo os joelhos em súplicas
eu sou a sujeira encardida sob as unhas
de tudo mais esdrúxulo imundo e demasiadamente
urgente e vil
eu agonizo em desespero
eu sou a sujeira encardida sob as unhas curtas
que eu cravo
na sua pele
e tento
arrancar de você
o amor que você não me dá
você me castiga ao jejum
eu me jogo no chão
faço cena
vasculho você por dentro
eu sou a miséria do mundo
a desmesura pende minha balança
sucumbindo
à fome impetuosa
de te querer demais

*

quando você paralisou o tempo
com a ponta dos dedos
desligou as antenas e os cabos de fibra óptica
as conexões via satélite
instantaneamente se desconectaram da comunicação com a terra
as mensagens enviadas nunca chegaram aos destinatários
e o sinal nunca mais sintonizou os celulares
as centrais de telemarketing deram ocupado
os carros congelaram em filas infinitas do mais sepulcral
congestionamento
nenhuma buzina disparou
aviões nunca prepararam tripulação para decolagem
as distâncias se alargaram como se a guerra fria, a corrida
espacial
globalização e smartphones fabricados na china comunista
fossem eventos de ficção científica
desde que você subverteu a lógica do tempo no avesso da física
não há notícia: sua saudade não estampou os jornais
mas eu a procuro em notas de rodapé, em mensagens criptografadas
contra a censura fascista
e no boletim de óbitos da coluna fúnebre
dentro da seção *cotidiano* da folha de são paulo
e só os relógios seguiram, marcando o tempo parado

como uma britadeira no ponteiro dos segundos
cavando no asfalto as camadas do meu peito

*

um par de meias esquecidas no varal
testemunho da ausência
repousando na paisagem doméstica
não as tiro do lugar
faço delas um altar
suspenso no vazio

jejum

lambi suas mentiras
salivando desejo
mastiguei a dúvida
no ranger dos dentes
antes mesmo
de abocanhar a palavra
mordi a língua
sabor ferrugem
impregnando as papilas
te assisti perder o apetite
por tudo que leva meu gosto
e sequer me espanto
com o soco que você me dá
na boca do estômago

fome

o oco no meio do corpo
chamando por algo
que não tem nome

*

se pequenos mundos invisíveis
surgem de explosões intergalácticas de gigantes esferas oculares
colidindo no espaço sideral da íris,
e na colisão intermolecular das partículas da sua pele quando
roça na minha,
se é da mistura dos nossos vocabulários
aquela coisa brega e deliciosa de tomar emprestado do outro as
palavras
— a marca funda na língua que as pessoas deixam quando nos
atravessam —
e também aquela outra coisa de inventar verbos e fundar idiomas
secretos
se já confundimos tanto nossas línguas
perdidamente encontradas no meio das nossas pernas
eu assisto ruir nosso pequeno continente
o mar tomando tudo
engolindo vestígios da civilização
que morava na geografia dos seus dentes perfeitamente tortos
e no buraco da minha covinha esquerda
pessoinhas e criaturas mágicas dão suas últimas cambalhotas na
ultimíssima onda que vem pra varrer tudo
um dia pesquisadores vindos diretamente do futuro encontrarão
os fósseis

sairá nos jornais, primeira página
letras garrafais: arqueólogos descobrem restos de um desamor
submerso no fundo das águas de vênus

*

eu preciso que você se pergunte
da melancolia nos trópicos
da direção dos ventos que balançam seus cabelos
da incidência solar banhando pedrinhas sob o sol
das coisas todas que nos atravessam e nos repelem
eu tenho dado nome à baderna espalhada por entre os espaços
que se fazem
e pulado móveis revirados pela casa
não cultivo a pretensão de tê-los todos no lugar
tenho tentado atravessar a sala
escorrego em notícias atuais impressas em jornais velhos
bato o mindinho em quinas pontudas de madeiras embrutecidas
pelo tempo
mudo o sofá de lugar pra encurtar distâncias
e espero
que você também atravesse esse cômodo de objetos flutuantes
de cadeiras que descansam nos banheiros
armários montados com as maçanetas pelo avesso e fios de
tomadas suspensos no ar
que você se interrogue pelas cortinas fechadas sob as janelas no teto
— que antes, você as perceba mudas e opacas —
e sinta uma particular estranheza.
eu te espero sentada no avesso do sofá

me encontre no meio da sala
me tire pra dançar

lugar-amor (2)

e como todo lugar, uma construção
passível das intempéries
do mar revolto
dos deslizamentos
do oceano engolindo tudo
e varrendo do mapa
esse lugar
onde hasteamos a bandeira: *nós*
eu e você dois corpos desaparecidos entre os escombros.
aqui ainda há vestígios seus por todos os lados
seus beijos ainda estão guardados no meu pescoço
a textura da sua pele tatuada na minha
seu cheiro
esse rastro
e ainda que o mar arraste tudo
nosso amor é esse lugar
inóspito
desabitado
no espaço vazio do meu corpo
que tem fome do seu

*

você
que me convidou a bailar nessa pista
localizada nesse pedaço de terra banhado pelo mar
duas crianças brincando de construir castelinhos na beirada das ondas
e de escrever nossos nomes na areia da praia
lá, onde expandir as fronteiras do corpo
era como uma dança
e dançamos profundezas
alto mar
dançamos a nudez à mostra de ser quem somos:
as delícias, as marcas, os assombros
bailamos de corpos colados mas também
abrindo espaços
no movimento dos nossos quadris
na cadência do rebolado.
eu dancei esse set com você
nossa playlist nos embalando nossos olhos se encontrando no
fundo de tudo
o mundo se liquefazendo invisível ao redor
e num lapso
o silêncio cortando seco o barulho
seu corpo se esvaindo no escuro
as luzes se apagando

a pista vazia esfarelando sob meus pés
a batida do silêncio fazendo um beat melancólico
nessa festa sem graça
um cortejo fúnebre
o velório do que fomos
o sangue fresco escorrendo da pele que você beijava
nosso amor, antes
uma festa no meu peito
agora
esse set de saudade
tocando no oco do meu peito

*

“tu não te moves de ti”
mas, hilda, te confesso
eu bem queria tirar umas férias
me despir da pele que visto
descansar
diante do mar,
todos os problemas humanos são imensuravelmente pequenos
eu queria desaparecer
dissolver meu corpo em partículas de areia
na minha sala
e dentro do meu peito dilatado
cabem descomunais tristezas
esmagando meus órgãos
comprimindo meus pulmões.
diante do mar, tudo é assustadoramente pequeno e belo
e até meu coração
que agora pulsa descompassado
inflando como fosse atirar-se nas paredes pintando-as de vermelho
encontra o alívio da pequenez
soprada pela maresia
um órgão ventilando
tão pequeno
voando em direção ao vento

*

não há travessia do indizível
sem antes a contemplação
do naufrágio da palavra

*

não me interessam as palavras
que enchem a boca
das pessoas que muito falam
falam com a boca cheia de palavras ocas
me interessa o que fazem com as palavras
como dançam as palavras
como ajeitam as palavras na língua
como guardam
como mostram
como comem as palavras
e o tamanho da fome

toda palavra é feita da matéria
do feitiço
do desejo
e do gesto

dialeto

o amor me veio primeiro com um tapa
e tanto bati
e apanhei
em seu nome
ainda carrego na pele as lacerações
eu quero desaprender o amor
deslembrar o tapa
amar em outros idiomas
como hablar español en vênus
olvidar el verbo
desabitar a língua
inventar a palavra
refazer a gramática
será que em mandarim amar
pode finalmente ser
verbo intransitivo?

distopia pandêmica do corpo

taquicardia ininterrupta
essa arritmia: frequência regular dos dias
o coração no lugar da boca
a boca faminta no lugar do coração
uma nova anatomia
meus pulmões temem a expansão
fazem economia doméstica
poupam as moléculas
na iminência constante da escassez de ar
minhas pernas, uma abstração
minhas mãos, um delírio
meus olhos, hologramas virtuais
que simulam uma realidade inventada
um ambiente
um lugar que flutua no ciberespaço
e me teletransporta pra fora
das paredes do meu quarto
sem nunca
nunca
sair do lugar
nessa viagem cibernética
tudo é fragmento imagético
simulacro

na ausência de fricção da pele com o mundo
meu corpo desaprende o gesto

dialética do corpo

sou também
as armas em riste
o temor que guardo debaixo das dores de coluna
ainda que esse mundo cão
seja também gentil
e o corpo também desejo
sou também os entroncamentos
as ruínas
desse corpo embrutecido
meu corpo aberto
também guarda o ato contrário:
fim de festa
habitar as ruínas
fragmento
escombro
vestígio
dureza
é também ser

desejo-desterro

mal consigo aferir
os sinais vitais
dessa coisa
que pulsa
na boca do estômago
e atrás dos joelhos
pouco decifro dessa língua ancestral
em território de reminiscências
há tempos acordo amputada
os membros-fantasmas
perdidos no entulho
de mundos findos
perdi os mapas
sou essa terra árida
desterrada de mim

tecnologia da saudade

inventar um aparato
uma bugiganga
inventar um corpo
um nariz que grave a curvatura exata do seu cangote
dedos que saibam, à distância,
a medida precisa de afundar os dedos nas covinhas das suas costas
uma mão que decore a textura da sua pele
uma boca que recorde o contorno exato da sua
e tenha gravado num hardware
feito das tripas coração
o registro de todos os nossos beijos
mas a memória é analógica
e a saudade obsoleta
ela quer o arrepio dos pelos eriçados
a textura do tempo escorrendo lento
a incidência solar
a quentura dum beijo
a saudade essa velha teimosa e impaciente usando smartphone
a vertigem da saudade: uma chamada de vídeo perdida no
ciberespaço
a saudade quer devorar o toque
fome primeva
a ânsia da saudade: a presença

políticas de morte

e um vírus letal colapsando a fina camada da ordem
expondo a frágil camada de vida
compre todo o papel higiênico compre todo compre tudo
exponha suas entranhas narcísicas
jogue álcool gel sobre as feridas
o sangue jorrando das velhas úlceras varicosas da américa latina
lave bem as mãos, jair
evite aglomerações, jair
lave bem as mãos
nos corpos de onze milhões de pessoas faveladas
aglomeradas
desassistidas
lave bem as mãos, jair
por vinte segundos enquanto cantarola sua própria voz
em eco
não esqueça a sujeira incrustada sob as unhas
deve ser difícil nos arrancar debaixo delas
lave bem entre os dedos, jair
limpe-se, narciso, nas águas que refletem nossos corpos sob o
domínio do medo
lave suas mãos, em nossos corpos dóceis,
desencantados
assépticos

diário do fim do mundo

lutar como quem sonha, dizem. eu não luto e tampouco sonho. há tempos varro fragmentos de sonho como quem varre folhas secas do quintal. eu não tenho um quintal. se tivesse, não seria do tamanho do mundo. aparentemente, assinei um destratado geral das grandezas do ínfimo. o desencanto me adoece dos olhos. limpa e faz a assepsia das feridas pútridas. há muito estourei os globos oculares para não mais assistir às notícias. e, veja bem, não me interessa muito o clima. aqui, o sol não bate. tampouco me interessam os absurdos da normalidade. na ausência de olhos de miudezas, quase não vejo as pequenezas que escondi no fundo dos armários.

é possível disfarçar a dor até que ela seja um mero rastro, mas nunca o cheiro duma carne exposta, carcomida pelas ruínas do tempo. quase não sei dizer se estou viva. mal sinto o cheiro da carniça. um dos sintomas do vírus é a perda da sensibilidade das narinas.

aqui, nessa cidade em que o concreto reboca as camadas de vida e enterra nossos corpos numa vala cinza impenetrável, inaudível: aqui, não se sonha, tampouco se luta. cultivo um constante estado de sobrevida. sobrevivo. mas sei: a desesperança é a filha asséptica do ódio. nem fede, nem cheira. pior: inodora. anda na ponta dos pés. nos invade o corpo, nos habita por inteiro sem quebrar um único copo. nos querem dóceis porque, sorrateira que é, a desesperança se esgueira por corpos apáticos. ruptura alguma se abre num corpo velado pelo silêncio, que não goza, que não pulsa.

é preciso: reencantar o mundo. e na falta de olhos, globos oculares feitos de cacos de vidro e resto de sonho. caleidoscópios. ver, através deles, infinitos fragmentos de novos mundos.

mas a verdade é que eu não sou boa nisso de lutar como quem sonha. seria anacronismo dizer que são tempos difíceis para os sonhadores, se algum dia tivesse sido fácil. eu não sou boa nisso de lutar como quem sonha — não por cinismo; eu, sim, sonho; o sonho é matéria tão concreta quanto o que insistimos em chamar realidade — mas porque eu, em minha impotência onírica, costumo varrê-los dos olhos enquanto acordo.

é que padeço da aridez em terra incendiada. vivo apagando incêndios ou sendo brasa. deve ser por isso que o mar sempre me arrasta de volta.

e senão pelo sonho, pela fúria. reunir as fúrias. fazer de cada uma delas, trincheira. é como estar em casa. deixar a ferida feder. pintar a massa cinzenta das ruas do mesmo vermelho que jorra da nossa carne dilacerada. e o mundo ao redor em queda. eu ouço os estrondos. eu aceito a ruína, eu assisto ao desabar do céu. eu recebo os estilhaços que me partem ao meio. eu desejo o fogo limpando tudo e o mar nos abraçando num quebranto brusco. eu desejo o fim deste mundo. eu fantasio imaginários de outros. e retornar ao pó, relembrar nosso tamanho. eu reivindico a miudez desse corpo. eu solto os esforços musculares de contenção dos danos. questão de tempo. não há mão que sustente no firmamento as rachaduras desse céu em queda.

o que nos resta: usar as mãos para cavar os pedaços de vida pulsando nos escombros.

nem sempre nos deixam sonhar. mas luta também se faz com o sangue escorrendo dos olhos e o coração em frangalhos. e com cada fragmento, nós seremos o estilhaço.

*

dia um acordando no fim do mundo
uma atmosfera densa um clima estranho
um véu de normalidade recobrindo um céu em queda
a rotina intacta
o trânsito o ônibus os prédios as vidraças
tudo muito em seus
indevidos lugares
mas vem chegando cá por essas bandas
o cheiro dessa carne que há muito morre e há pouco se fareja
o cheiro da nossa carne latinoamericana queimando
sinto nos músculos que abraçam minha coluna
as marcas da contenção
ela poderia se quebrar ao meio
e o tremor que percorre manso por debaixo da minha pele fina
tentando não fazer barulho
é quase um sussurro
algo que diz estoy viva, pero no mucho
sinto a mordaça
ouço o estalar das chamas
o fogo a mastigar meu povo
e o cheiro
esse inconfundível elemento
primordial de tudo que é vivo

sempre escapa
por debaixo dessa terra
— fértil, ainda que saqueada —
me faço bicho
que fareja
me faço seiva
que sangra a dor do assalto
e sinto
o chão na iminência de se abrir derrubando tudo
eu queria mesmo ver
latinamerica ardendo
limpando tudo com fogo
refazendo as fronteiras
latinamerica retraçando os mapas
varrendo de nossa cartografia
nossa língua nossos corpos
toda tirania toda supremacia o golpe a morte
nos quiseram domesticados
herméticos
recatados
permanentemente colonizados
mas nós somos o gozo escancarado na avenida
o pranto o sangue a festa jorrando da ferida aberta
e funda
eles só não imaginaram que
de tão funda
fôssemos nós a cavar, na unha
o buraco do fim desse mundo
que eles inventaram

pra chamar de deles
nos quiseram bicho manso corpo dócil
mas nós somos os sons dos tambores
ecoando nas matas
o grito indomável
rasgando as gargantas da terra
furiosa
com fome com sede
de comida água
e vingança

*

das marcas que recobrem meu corpo
passo o dedo sobre a camada de pele grossa que reveste cicatrizes densas
ali, onde a pele é mais sábia
sinto apenas um formigamento
sinto também essa nova laceração
se abrindo
fresca e úmida
você indo embora
outro rasgo profundo na minha carne dilacerada
não tem como: resguardar o corpo do rasgo
viver: lançar-se
e o amor: esse objeto perfurante
na aposta de não ser usado como arma
entregar o coração nas mãos do outro
na espera de não ser comido por mãos ávidas
levando tudo à boca rápido demais
e ainda que se possa escolher
as mãos onde depositar o coração
não tem como resguardar o corpo do rasgo
e diante do rasgo
o amor é também costureiro
sabe dar ponto

minha avó tinha um armarinho
e apesar de nunca ter proferido uma palavra sobre o amor
essa palavra de luxo
escassa em seu vocabulário
pregava botões, fazia bainhas
costurava seus mais lindos vestidos de ir à missa
todos os vestidos de vovó continham bolsos costurados por ela
guardava neles uma infinidade de linhas, cacarecos, botões
velhos
passou uma vida a remendar retalhos
e pregar os botões caídos das roupas dos netos
o amor: um gesto
(mas você não sabe costurar e talvez não tivéssemos linha que
desse conta do comprimento do rasgo)
eu não uso vestidos
mas minhas roupas ditas masculinas
têm bolsos largos
herança de vovó
neles cabem uma infinidade de coisas
e o kit de costura que carrego
na esperança de ser mais um cacareco
um objeto sagrado
totêmico
de vovó
e andar com o sagrado no bolso

a costura: ato solitário
como fazia vovó
sentada no armarinho

de frente pra rua
rodeada de netos e
mesmo assim
solitária
até por isso, solitária
talvez
um jeito de estar sozinha
sendo tão povoada
cosendo horas a fio
ponto a ponto
pregando de volta ao corpo
os pedaços que se partem
ao parir-se no mundo

*

talvez do amor restem cenas invisíveis
espalhadas pela casa
penduradas nos cômodos
expondo como num museu
todas as vezes em que fodemos
e fizemos amor
— você pode ver mas não pode tocar —
as carícias
e todos os nossos beijos
estão guardados no sofá
a bancada da cozinha, essa testemunha insuportavelmente
barulhenta
que fica gritando o registro da sua bunda sentando pra mim
seu olhar ainda me assiste ao fundo
enquanto esquento a barriga na boca do fogão
talvez o que reste
depois do amor
seja a lembrança de você balançando na minha rede no quintal
nua sob o sol
enquanto preparo nosso café da manhã
talvez o que reste do amor seja isso
um café da manhã num domingo de sol
ali, nesse lugar onde tudo permanece o mesmo

indissolúvel no tempo
pendurado nas paredes erosivas da memória
se desfazendo

autopoiese (2)

os calos que cobrem meus pés
as queimaduras os cortes nas mãos
as garras à mostra
as marcas de guerra
as cicatrizes recém-fechadas
as feridas recém-abertas
as rachaduras na casca
o coração bifurcado
o limite da carne dilacerada
os pulmões exaustos
a musculatura flácida
meu nariz grande
as dobras do tempo acumuladas debaixo dos olhos
o estômago mutilado
as cinco incisões cirúrgicas na barriga
os patuás
e o animal assustado arisco
escondido debaixo
da armadura que visto
anatomias desse corpo vivo
que tem fome chora estanca e deseja

arcaísmo ou inferno cuíer

eu vou chorar você
até lavar você de mim
eu vou velar você
até matar você em mim
eu vou enterrar você
debaixo das ruínas dessa coisa-amor

essa coisa: você olha e não reconhece é uma pilha de ossos um amontoado de restos você olha e pensa aqui talvez tivesse alguma coisa antes como uma casa demolida ou o corpo de um bicho já irreconhecível comido pelo tempo que você deduz ser uma casa você deduz vagamente ser um bicho mas já não se reconhece a casa não há qualquer indício da casa nenhuma viga em pé não há qualquer resquício que indique a espécie do bicho apenas escombros apenas restos de algo que a rede neuronal do cérebro tenta inutilmente remontar: a história de terror dessa coisa-amor

eu vou varrer cada fragmento de sonho
até que um dia eu acorde
desconheça o seu nome
e o seu rosto seja um amontoado irreconhecível de detalhes
eu vou costurar o rasgo
até que você seja só mais uma cicatriz

perdida
indistinguível
entre tantas
eu vou te arrancar do meu léxico
até que você seja uma língua morta
que meu corpo não mais fala
eu vou te arrancar do meu vocabulário
até que você seja
uma palavra em extinção

silêncio

ruminar as palavras
como os touros ruminam o pasto
regurgitar o verbo
e mastigá-lo de novo
retirar a palavra da ponta da língua
vomitar o verbo
e mastigá-lo de novo

*

tenho quebrado espelhos
acho até que tenho passado a vida os quebrando
e assistindo cair os cacos espelhados
espatifando a minha imagem
em incontáveis fragmentos:
da mão ensanguentada pelo murro
da lágrima invertida
do susto
do beijo na lâmina afiada
um pedaço de espelho quebrado é também uma arma
que eu poderia apontar contra você
um pedaço de espelho quebrado é também um gesto
uma ameaça
uma gentileza
um ato
desesperado
de amor.
tenho quebrado espelhos
e encarado os abismos que nos separam
quando a verdade inteira rompe
os pactos firmados no silêncio
tenho quebrado espelhos
e assim

me dispo dos reflexos
com os quais
você me veste.
o que sobra depois
da minha nudez anunciada
diante dos seus olhos?
você me enxerga nua através dos cacos?
ou você prefere inundar de sangue
o oco do olho
pra não me ver?

*

mastigo dores e amores
espremo o gosto
o sumo
o caldo
sinto em cada papila da língua
a dor e o amor
me impregnarem
se alojam feito molécula
nutriente
grão
átomo
da superfície da pele até o interior dos meus órgãos
mastigo a dor e azedo o amor
tenho fome
mastigo
engulo
devoro
até traduzir no meu rosto, o gosto
e na silhueta do meu corpo
as dores e os amores que me fazem
e viram do avesso o exterior da minha pele
trazem à superfície os absurdos dos meus órgãos
e eles encharcados
salivam você

*

sou filha da secura que mora nos olhos de minha mãe
do afeto que se esgueira por entre as ranhuras da terra rachada
como o solo procura o vestígio da água
e implora pela chuva.
aprendi a desejar o aguaceiro
e a recolher gotas acanhadas
escondidas no sereno da manhã.
minha mãe herdou a secura de vovó
e o coração brutalmente mole
forjado do tacho da manteiga
e a quentura do sol guardado sob a pele
da terra que dá de comer
e faz render o cuscuz
a banana com farinha
e além das treze bocas que mamaram no peito
alimenta quem tem fome
quantas palavras guardam um silêncio?
o meu estômago conta a história de minha avó
o meu estômago fala das mãos calejadas e a pele fina feito papel
de vovó
a minha cabeça guarda o gesto da trouxa amarrada na cabeça
a minha cabeça guarda o delírio
e o desejo do regresso.

minha mãe é de onde vim
retirante
forasteira na cidade grande
fez casa na terra de ninguém
minha avó, pra onde vou.
tudo é partida
tudo é retorno
o sertão é minha casa
e mora dentro de mim
ainda que eu seja estrangeira
lá e aqui
minha avó nasceu no interior
de mim

*

com ela
de certa forma
eu já sabia:
da queda
eu já previa:
o espatifamento
em algum lugar atrás da minha orelha
se escondia
tudo que meu corpo dizia
sem que houvesse palavra pra dizer
com ela
eu tive que perdoar a mim
por todas as palavras que não ousei dizer
que retirei
que esgarcei
que engoli
que vomitei
com ela
a queda era de alguma forma confortavelmente previsível
o chão tão próximo
mais meu amigo do que ela
mais aconchegante que os braços dela
me ajudou a recolher os pedaços

do chão não passo
não passei

com você
o espanto foi tanto
a queda foi tamanha
que não deu sequer pra medir o raio de alcance do estilhaço
estou até hoje encontrando cacos
vou ao banheiro e sem querer
desavisada
encontro algum
na cozinha e debaixo do fogão
nos cantos mais difíceis de limpar
aquele entre o pé do armário e a parede
que a vassoura se esforça mas não alcança
e apesar da minha mania de limpeza
eu não tenho aspirador robô nem pretensão de tê-lo
sou uma obsessiva à moda antiga
e aparentemente guardo sem intenção de guardar
— como toda obsessiva à moda antiga —
uma coleção de cacos
ensanguentados de um sangue velho desbotado
que perfuram minha pele numa tarde qualquer
o sangue cintilando de novo
sobre as mesmas cicatrizes
então me deito no chão
e assisto aos cacos translúcidos cintilando
se pintando de vermelho

[simone canta dramaticamente ao fundo]

“você foi o melhor dos meus planos e o maior dos enganos que eu pude fazer”

pra você
entreguei cheiro de amor
e todas as canções
sabores também
e todos os gestos
todas as palavras
inclusive meus silêncios
depois de você
do chão não passo
mas às vezes
confesso que rezo
ao chão
para dele passar

*

talvez do amor
reste apenas
a ruína do amor
um corpo desaparecido
soterrado
entre os destroços
talvez do amor
reste apenas
a notificação do óbito

muriendo nace y rompiendo crea*

que você possa ir ao inferno e voltar
que você atravesse esse abismo de sentidos suspensos se estilhaçando
em câmera lenta pelo ar
que você não se contenha no corpo que não te cabe
mais
que você beire o fim de tudo e não se agarre na beirada do mundo
que você possa dar o pulo
e, na queda, renascer vinte e tantos anos depois da sua morte
que você atravesse esse inferno que não queima
não arde
mas faz ruir
que você viva o apocalipse montada na crista vermelha da
cavalaria
e, na volta, construa mundos outros no toque sutil e denso da
ponta dos dedos
ateie incêndios
e faça em carne-viva as queimaduras
que você penetre fundo no feitiço cósmico e na fresta da pele crua
que você mergulhe na zona abissal da angústia
que você vá em direção ao rompimento do absurdo
que você experiencie o fim do mundo
e na dissolução de tudo
que você possa retornar dos mortos

não ao corpo oco e decrépito
mas ao corpo faminto pelo apetite que extrapola excede transborda os órgãos
dum corpo outro, inventado
selvático
autopoiético

***celebración de las contradicciones/1*, eduardo galeano

notas para alimentar a fome debaixo da pele que devora os órgãos buscando espaço:

aprender a pedagogia do erro
dançar a queda
buscar colo em ouvidos generosos (mais generosos que os seus,
por certo)
— a escuta, esse órgão vital que pulsa no espaço entre dois
corpos —
lembrar que o corpo é casa
e tatear fronteiras desconhecidas do corpo requer a delicadeza e
a calma contidas no desenrolar do tempo.
sob hipótese alguma, rasgar as vísceras
mas alargar para caber o desajuste o descompasso
a fera escondida na garganta
a fome espaçosa da besta
não ceder à urgência de domá-la, fazê-la dócil adestrada
nem abafar seu rugido
dar a ela o devido espaço dentro do lado selvagem do peito
lá onde trotam os cavalos
onde dançam as águas
onde cantam as montanhas
lá, também, encontrar algum silêncio com gosto de fruta mordida
onde se possa descansar sob a sombra das árvores num dia de sol
guardar as garras

e, na ausência de lutas, escolher a mansidão.
tratá-la íntima como quem senta ao lado de uma amiga esquisita no sofá de casa e
ainda que suas patas grandes e sua pelagem densa causem estranhamento na paisagem urbana
olhar fundo nos olhos da besta
dar-lhe de comer
ouvir o que têm a dizer seus grunhidos
lamber suas feridas
dar a ela papel de pão caneta e um coração dilatado

exu

a boca
que tudo come
e continua com fome

ALIMENTO

ecdise

abrindo rachaduras nesse carapaça
essa coisa que os insetos fazem
condição de sobrevivência
encantaria das matas
expandir os órgãos
trocar de casca
de tempos em tempos
mudar de casa
vou também
morrer para estar viva

mapa

entre o sim e o não
existe um vão
que se abre
quando traço no meu peito a linha
que divisa tudo
dando passagem à água
infiltrando
separando as porções de terra
não há pangeia união absoluta
não há continente que resista
à movimentação das placas
nos separando
maremoto tremendo esse chão
não ocupo a terra infértil da dúvida
não invento fronteiras artificiais
não colonizo mundos escondidos pra chamar de lar
nem fico à mercê de territórios solúveis que se desfazem na
aridez do ar
eu desenho com o corpo
contornos feitos da quentura e da umidade dos trópicos
ainda que tudo que é sólido esteja na iminência de se
desmanchar
na arrebentação dos corais

eu dou cambalhota na crista das ondas
eu nado solta nesse mar
não morro na praia
e não sou levada pela correnteza do teu quebranto
eu volto pra casa

*

existe uma solidão
que não dói
mas acalanta
uma pequenez
uma insignificância total de tudo
quando a fúria oceânica
em seu quebranto brusco
e, mesmo assim, gentil
atravessa a pele
quando as ondas quebram no corpo
faz onda aqui dentro
e debaixo da quentura
que atravessa minhas pálpebras
faz sol nos meus olhos

eu aceito o naufrágio
eu aceito flutuar
e a iminência de submergir
a certeza da morte
me diluir
enquanto de olhos fechados
e corpo aberto
o mar me leva.

eu sempre volto pro mar
nele estão guardados todos os segredos das águas
e um remanso molhado devoto ao mistério
existe um silêncio
que só existe
com os ouvidos engolidos pelo mar

a insurreição de eros

meu riso
meu pranto
meu gozo
escancarados:
jeitos de inventar um corpo
vivo
outrora mortificado
jeitos de rachar a casca
habitar as rachaduras
rir dos fragmentos
que se espatifam irrisórios no chão.
jeitos de brincar nos escombros
fazer da ruína,
ao invés de lamento,
uma dança.
jeitos de ver a beleza ordinária
contida em tudo que é feio quebrado errante
vulgar
e para tapear a morte,
chamá-la para brincar
esconde-esconde
o pique é o espelho onde vejo
os monstros refletidos
brinco com eles de pegar

*

tão difícil
ter um corpo
saber que nele brinco
e também sofro
que faço dele festa
e marcha fúnebre
pelas ruas da minha dor
saber que nele vivo e também morro
todos os dias um pouco

tão difícil
ter um corpo brasileiro pobre sapatão
que goza que ri e que chora
apesar dos esforços de aniquilamento e contenção.
tão fácil nele me sentir em casa
tão difícil ir contra o desterro forçado
dos que me querem despejada

sou melancólica e
há dias que cavouco mas não encontro em meu corpo
uma fagulha sequer de luta
em outros, me agarro a qualquer ínfima centelha desgovernada
faço dela norte

porque sou teimosa e atrevida
e não dou a eles o gosto de me ver cabisbaixa e abatida
como quem pede desculpas por estar viva
caio na porrada
entro na briga

e, num feitiço cósmico
o sangue que derrama do meu corpo encontra o sangue derramado dos meus
tsunami furioso percorrendo latinoamérica
lavando toda a brancura suja
apagando todo o rastro colonial
cobrindo tudo de vermelho

*

dias assim
cinza
apáticos
a melancolia insurgente nos trópicos
o chão se desfazendo
o céu em queda:
onde foi parar o rastro?
onde estão as marcas os vestígios
das vinte e cinco vidas yanomamis invisíveis
fantasmagóricas
que assombram o desejo colonial?
e, a despeito desse espelho que distorce o que reflete
dessa imagem amorfa
que não é nossa e também não é deles,
os espíritos encantados da mata
eles, os verdadeiros guardiões de latinoamérica,
— porque aqueles quiseram posse do que é indomável e não
tem dono —
brincam de vida
lhes pegam no pulo no susto no ato
e desfazem o quebranto branco fatal europeu
que enfeitiça de morte nossos olhos e nossa terra

e são eles, os espíritos, a reencantar de vida nossos corpos demasiado tristes e colonizados:
feitiço que faz dançar as montanhas
enfurecer os rios
e o sol rasgar o céu
derramando sobre nossas cabeças
a seiva sagrada
que não é cristã
mas feita de barro clorofila e poeira de estrelas

*

fazer da abertura um convite
ao alargamento sútil
numa carícia
na ternura
no gesto guardado
na ponta dos dedos
aprender a gramática da expansão
expandir como faz um gato
espreguiçando as patas sob o sol
desfazer o rasgo como regra

*

hilda me ensinou: o coração dilatado
os olhos de poesia: um jeito de estar
aqui, onde refaço as fronteiras do corpo
expandindo minha pele
carne viva que se contrai e se dilata
fazendo brilhar meus olhos
telúricos
inda neles estejam contidas melancolias densas e incontáveis
fúrias — elas estão sempre lá, as fúrias
pintadas no fundo
e as lágrimas iminentes que escorrem sem resistência
ando entre mundos
gingando caminhos
ando pelas ruínas do que fui
e, por vezes, me apego aos fósseis
os penduro enfeitando meu pescoço
faço dos cacos, brincos de sucata
desenho nas paredes da memória
minúcias que minhas retinas fotografam
e se na garganta guardo o rugido da fera
que ecoa nos lugares que jamais me couberam
a não ser pela experiência do descabimento

e se a melancolia me fez ressentir os deslugares
e meu pranto continha a dor de um animal desgarrado
faço agora dos não lugares
meu lugar no mundo.
aqui
nas veredas
encontro as minhas
tortilleras
matilha de corações selvagens:
formas de inventar um lugar tortileño
habitar o mundo
e ser por ele habitada

odes mínimas

para apreciação do banal,
faço casa no cotidiano encanto das sutilezas
ponho as vulgaridades num altar
sou devota ao profano
firmo uma vela
faço do corpo manifesto pela vadiagem
me demoro nos detalhes
reaprendo a pedagogia do corpo
a dança da lentidão
a língua do sonho

poética peripatética

habitar os possíveis
requer ferramentas de improviso
e saber: nem sempre elas serão úteis
— a utilidade é ferramenta colonial —
e muito além da tecnologia utilitária
ter no corpo:
ferramentas de brincar
a poética do vulgar
a poesia do riso e do gozo
artimanhas
ouvidos afinados ao som quase inaudível
dos tambores de terceira
fazer do corpo encruzilhada
experimento
ginga
porosidade lentidão malemolência
a contrapelo
nesse mundo de urgências
carregar no corpo o fracasso
e a faísca
a centelha
falar fluente a língua do erro

ver nuas todas as coisas despidas de palavras
cobertas apenas de poeira de estrelas e mistério
não ceder ao desejo de domá-las na gramática
não ceder ao desejo de domesticar as feras
nem adestrar cavalos selvagens que trotam em direção ao vento

e saber: os possíveis se contraem e se dilatam
coisa viva
que pulsa
nas brechas
ora predador
ora presa
que se esgueira
nas frestas
coisa viva que morre
coisa banal
que nasce na sutileza

*

desabitar as cascas das palavras já ditas
ocas
fazer das inquietudes
abertura
pro rasgo
rasgar o verbo
não conter os danos
não preencher as lacunas
deformar todos os formatos
transfigurar a palavra
estilhaçar os sentidos
bagunçar os estilhaços
fazer da palavra indigesta alojada na boca do estômago
matéria da invenção

e no vão entre a despalavra e o que nela se guarda
trotam os cavalos
dançam as águas
e delas bebem os animais bestiais que
selvagens
habitam a efervescência do silêncio

tão vazio quanto cheio
tao inóspito quanto fértil
e das centelhas
se alimentam as feras
que moram na iminência da irrupção vulcânica:
o momento anterior à palavra quando transborda
e escorre da garganta.

por ora
fico com os germens
fecundos no silêncio

outra tecnologia da saudade

acordei gripada no jabaquara
na minha cumbuca de cuscuz com ovo
patuá dos meus dias
a gema mole escorre
nela, escorrego de volta à bahia
tenho sessenta centímetros a menos
sinto arder o sol de rachacuca do sertão
o balanço da rede de palha
a brisa quente
uma bacia de manga
pra descascar com os dentes
e chupar com as mãos
no colo de minha dinda —
tecnologia de ponta
saudade antiga da bahia

*

eu queria desaprender o português
desaprender a língua da dominação
reaprender a pedagogia desse corpo perdido
vagando a esmo na dimensão do horário comercial
eu queria viver da moleza dos ombros derretidos num dia de sol
desfeitos na maresia
e refeitos no beijo da mulher que amo
eu queria refundar no corpo o tempo de eros e iroko
o tempo do curso do rio
amaciar dureza
desmontar as máquinas que insistem em fazer do meu corpo
uma guerra
é possível esquecer um idioma impregnado na língua?
eu queria limpar das papilas o vocabulário europeu asséptico
fundar no corpo uma língua viva que fala através do pulso e
ouve através dos poros abertos
uma língua que dança no silêncio
uma língua que funda um lugar
um língua que retorna ancestral
panaceia
fazer do meu corpo:
uma rede balançando no quintal
uma mata

um canteiro de obras que não se pretende edifício
uma pista de dança
onde eu possa encontrar as minhas bailando e vazando a semân-
tica para fora das palavras
corporificando-as
eu queria que a poesia fosse a minha língua materna
mas a poesia é a língua que inventamos sendo filhas desgarradas
do português
ingovernáveis no desejo
subvertendo a lógica da palavra
inventando-as como fazem as crianças
tornando-as profanas
encharcadas de gozo e lágrima
eu quero aprender a língua da água
o vocabulário das pedras à margem do rio
a gramática rizomática dos fungos
a conjugação verbal da lava
sujar a boca das palavras
selváticas
dançando
na ponta da língua

resgate

com as lágrimas
amolecer a dureza
que insiste transformar meu corpo em máquina
fazer do corpo: água
que escorre entre as ranhuras e
arrasta em seu curso
os fragmentos
do meu corpo
em erosão
fazer do corpo água
que umedece a secura
e faz desaguar um rio no meu sertão
fazer do corpo: lágrima
que vaza dos meus olhos d'água
e com a água
pifar as engrenagens da máquina

*

um velho no trem se revirava inquieto e barulhento no banco ao meu lado, debruçado na janela como quem deseja o lado de fora, como quem anseia os trilhos e o mato seco borrando a paisagem e o ar que ronda mas não passa no vagão estéril.

quando traduzi algo do som, ele se virou com seus olhos molhados, usando a máscara do queixo para enxugar as poças d'água acumuladas nas dobras da pele.

tirou do bolso um papel amarrotado, mas com certeza novo. marca-texto fluorescente fresco, recém-pintado sobre as palavras na folha miúda. e as lágrimas já não encontravam disfarce, rolavam soltas em seu rosto feito de relevos — geografia do tempo.

ele voltava do cartório, me disse, da assinatura do divórcio. trinta e dois anos.

apertou forte meu braço como quem deseja devorar o toque
desembarcou na luz
o velho no trem me ensinou
o íntimo também é coisa pública
o íntimo não é artigo de luxo
sensibilidade crua que escapa
e suja de dor a assepsia urbana
o velho me ensinou a deixar de bom grado

para uma estranha qualquer
na linha 7-rubi
uma lasca do coração espatifado
desci na lapa

poética do gesto

não inventaram palavra alguma que traduza
a viagem
o mergulho
que dou nos seus olhos mansos molhados de poesia
e das piruetas que você dá nas águas mais fundas de mim

a poesia não é refém da palavra
a poesia
bicho solto que espreita o ato: um jeito de estar
indomável ternura

ela mora nos seus olhos lentos
que se demoram nos detalhes
e enfeitam de encantos
os meus

*

depois do afogamento
nas águas do pranto
meu corpo lançado
meu corpo aberto
poroso
permeável
desenvolvi brânquias e respiro debaixo d'água
meu corpo fechado
contra tudo que farejo com dentes à mostra
e um grunhido solto na garganta
sinto a vida vibrar sob minhas patas
regida por vênus
o afeto é minha maior arma
com a língua mapeio territórios nunca antes desbravados
celebro as ruínas
os acidentes geográficos
as cicatrizes à mostra
a erosão do que fui
a queda de asteroides lixo espacial estrelas mortas
e um sol quente e vermelho rasgando o céu depois do eclipse total
faço festa nas fendas
e nas frestas fundas do que sou
e do que não sou

quem quiser entrar
que deixe os sapatos na porta
e se dispa do cinismo da frieza dessa apatia contemporânea de
gente jovem urbana blasé descolada entediada
eu sou forjada no dendê
eu sou filha da quentura
eu falo alto eu rio desembestada eu mordo eu gozo eu danço
entregue no fim do mundo
eu amo fundo eu tenho amores pra vida toda
e fúrias também
fiz um pacto
eu não vim para caber
eu vim para fazer lugar no descabimento
eu vim para, na artesania
do fazer das mãos
tecer meu corpo—
com as mãos
tocar tudo que é vivo

*

mapear a geografia de um corpo
é também
pr'além da aventura
da pele expandida
das fronteiras do novo mundo
do cheiro do sol
do gosto da maresia
e da vastidão oceânica banhando tudo:
encontrar fósseis
estudar o que dizem as ruínas e as carcaças
a geografia do rastro
a antropologia arcaica do rasgo
sem querer, deixar cair uma bola nos
terrenos baldios
traduzir os hieróglifos marcados nas paredes do desejo
não encontrar a palavra
mas achar alguma
algumas
que
mesmo insuficientes
profanas
encontrem a bola
rolando

mata adentro
terra afundo
lá, pisar com pés descalços de criança
e os calos ásperos da idade avançada
esquecer da bola
remontar os fragmentos buscando contar história:
a pré-história guardada no gesto
e a contemporaneidade viva se reescrevendo
brincando de bola

*

maré alta
mar revolto:
onda brava
se atravessa
por dentro

lá no fundo, falar com deus
ouvir seus sussurros
e pro mergulho, guardar o ar
dilatar os pulmões

e na iminência do afogamento
diante da assustadora arrebatadora
imensidão azul
infinita
o espanto e o gozo
encarar a onda
ser encarada de volta

recuperar o fôlego na superfície
nos ventos do litoral
que arrastam as ondas em direção ao continente
e trazem o cheiro da terra firme do outro lado do horizonte

eu não respiro debaixo d'água
e apesar de muito querer
desenvolver brânquias
eu não partilho da natureza dos peixes
eu não partilho do encanto dos seres marinhos que fluem sem
resistência no balanço das águas
eu sou invariavelmente humana
e apesar de querer cobrir o corpo de escamas
eu tenho apenas uma musculatura rígida a ser tonificada a nado
pulmões asmáticos ansiando descansar na beira da praia
e
quem sabe
a pedagogia dos peixes
ensine algo
sobre dançar
a coreografia
sem ensaio
das águas

*

sou seduzida pela canção
que cantam
os quadris das sereias
os meus também dançam
bebo das águas que banham seus corpos
o meu também é rio
encontro mergulho lento
escorre
vagaroso
o tempo
peixinhos de água doce rodopiam à minha volta
eu não sou pescador eu não desejo capturar encantos
eu não sou marinheiro eu não desejo domar sereias
eu desejo vê-las bicho solto
— indomável é o curso dos corações selvagens —
eu sou bicho da terra quatro patas fincadas no chão
com sede de água fresca
em tudo recobre poeira de estrelas
cintilam as escamas
pele molhada brilhando sob o sol
e as palavras encharcadas que brincam junto aos peixes
e se dissolvem nas margens do rio
olhos d'água que penetram a carne viva

enxergam por dentro
todo toque celebra o encontro
e a despedida
todo toque guarda chegança, mergulho e partida

apetite

amar outra mulher
saciar a fome no corpo de outra mulher
dar a ela de comer
ser sua comida

banquete

não vou beber da sua saliva pra matar a sede
nem cozinhar o desejo em banho-maria
não vou lhe entregar o coração numa bandeja de prata
e fazer dele alimento do seu fastio
devora-me
eu sou comida de comer
com as mãos
me mastigue devagar
desfrutando
mordida
por
mordida
lamba os dedos
me beije a boca
aguando desejo

cuíer paradiso*

entre meus dedos
enlaçados na carícia dos teus
entre seus lábios molhados e a pele do meu pescoço pedindo mais
entre suas coxas e as minhas se encontrando noite adentro
entre sua respiração quente e meu ouvido seduzido pelos seus encantos
entre eu e você escorre lento o desejo
e nadam peixinhos brincando de água
aqui, nesse cuíer paradiso
nossos corações pulsam a céu aberto
simples, sem medo sem jogo sem cena
aqui, luxo é amar com calma
eu não vou devorar você como quem busca saciar no teu corpo a fome
eu vou te comer devagarinho
como chupar mangas com as mãos
numa tarde ensolarada de domingo
e escorre o sumo pelo queixo pescoço peito coxas
pingando você
eu quero ver o brilho do sol te beijar o rosto
dançar com você um forró chamegado
ou na batida do funk

me perder na cadência do seu rebolado
eu esqueço meus olhos no seus
caminho lento meus dedos na sua pele
porque não tenho pressa nem lugar algum para estar
a não ser aqui
bebendo entre as suas pernas
e eu poderia fazer casa no teu cheiro
morar no teu cangote
(mas eu tenho casa roupa batendo na máquina e apreço pela saudade. e você também)
leio a poesia escrita sem palavra alguma no teu corpo
mapeio a geografia dos teus pelos
nosso tempo é marcado no compasso das nossas línguas brincando de beijo
sem pressa, a lentidão:
esse modo gostoso de estar
aqui nesse cuíer paradiso
onde tempo-y-cariño
é o idioma que a gente fala

* inspirado em "cuíer paradiso", de tatiana nascimento

*

se o amor é verbo
eu quero conjugar
muito mais que a gramática
eu quero conjugar nossos cafés da manhã
nossos passos tortos de dança na cozinha
nossos beijos atrás da orelha
nosso cotidiano imenso
arrumar os lençóis da mesma cama
em que bagunçamos as palavras
porque me interessam mais as banalidades do amor
as coisas ainda mais banais que o amor
as coisas ordinárias do amor espalhadas pela casa
me interessa mais o amor além do verbo
e das palavras que usamos para vesti-lo
me interessa mais o amor
nu
só pelo gesto

copos e felinas

na pele translúcida
que não guarda segredo
impresso um aviso
cuidado: frágil
como caixas anunciam no meio da mudança que não devem ser empilhadas
você também é
e é preciso gentileza ao manusear objetos perfurantes
é preciso não empilhar corpos
é preciso delicadeza ao tocar outra alma humana
que também foi rasgada
e escolher
sabendo as coordenadas
onde se localizam a geografia dos rasgos
e de todo sangue derramado pelos estilhaços
deixar na sua pele marcas
apenas dos beijos que guardei só pra te dar
te cubro de beijos
te enfeito
você lambe minhas cicatrizes
eu lambo as suas
como gatas que passam horas a se limpar

lugar-amor

e nesse espaço entre eu e você
moram
o brilho do sol
a brisa do mar
a poesia do gesto
o silêncio da escuta
a mansidão do olhar
moram as palavras soltas na garganta
nossos corações frágeis e
estranhamente fortes
selvagens
pulsando a peito nu
as lágrimas salgadas
que rolam sem resistência
e encontram abrigo num beijo

na morada do amor
não diminuir
pra caber
nem rasgar
o espaço aqui é amplo
pra acomodar tudo que é
a pré-história

as lascas
os remendos
os assombros
pra sonhar tudo que virá
a fantasia
o carnaval na bahia
que os ajustes, aqui, sejam coisa banal
que nunca precisemos aparar arestas
comprimir de tamanho
jamais demolir os detalhes
— tão pequenos quanto àquela pinta tão linda desenhada no canto da sua boca —
que por mais ínfimos que pareçam
nos sustentam

e ainda que o desejo pulse
contraindo e dilatando
correndo solto em nossas veias
nosso amor pulsa junto
dança junto
nosso amor é um lugar
sendo feito da matéria-prima
da ternura e do tempo
e aqui tem o tamanho
do que juntas
somos
brilhando
amando
crescendo

*

minha boca no teu pescoço
suas coxas roçando as minhas
seus olhos d'água mirando os meus
frenesi
vênus em peixes
meu coração quis ouvir
seus encantos
nossas cartas de amor
escritas com água saliva e desejo
seu corpo falando com o meu
me chamando de paixão
meu coração falou com o seu
e agora eles conversam fluente
nesse dialeto venusiano
das palavras molhadas
que pingam, encharcadas
e avisto os peixinhos dançantes de água doce
fazendo festa no teu corpo
eu também quero dançar
te levar pra nadar
mergulhar nos teus quadris

*

seu cheiro nos meus dedos
perfume do invisível
mas quase dá pra ver:
os astros colidindo
o big-bang
os primeiros seres unicelulares
e então civilizações inteiras se erguendo
e desmoronando
e se erguendo novamente
e antenas parabólicas
sintonizando a frequência dos seus quadris
e dos arranha-céus
é quase possível sentir o barro
moldando na linha que liga meus olhos nos teus
pequenos mundos em miniatura.
e então você sorri
como quem sabe
eu sei
só a gente sabe
dos universos secretos suspensos no ar
que moram na encruzilhada
do olhar

*

segundo freud, chama-se sentimento oceânico um suposto maravilhamento arrebatador diante do mundo, uma espécie de comunhão indissolúvel a tudo que existe. suposto porque delírio narcísico, perversão ou intercorrência da fé. diz ele, com certa arrogância e soberba, nunca ter "divisado em si tal sensação", mas isso porque, freud, coitado, nunca pôde experimentar o sentimento oceânico de te encontrar num fim de tarde no mar. o sol alaranjando, a água nos embalando num abraço, onde as ondas não quebram, mas formam-se na crista dum afago. te beijo lento na velocidade das ondas, te beijo molhado salgado de mar. nossos corpos fazem comunhão com a água e nossas peles se desfazem água, sal e areia. o mundo se desfaz água, sal e areia. só existe eu e você nesse mar, liquefeitas. meus olhos solúveis desaguam nos teus: sentimento oceânico que me derrama. inda que dure até nossos pés tocarem a beira da praia, do delírio e do limiar que separa nossos corpos vestidos de água — tão fino quanto a linha que desenha a beirada entre o céu e o mar no horizonte. e nos devolvam às nossas peles. retorno. para que possamos nos desfazer oceano de novo.

*

fazer dos pés,
o encontro da água com as margens
fazer dos olhos,
o orvalho que beija
carinhosamente
a superfície das folhas
fazer dos ouvidos,
o zunido atento da mata
fazer da pele,
falésia

frágil e perigosa

erosão

*

escuta
aguça os órgãos do sentido
afina a frequência
não limpa o ruído
o vão da palavra

escuta
os sons limpos
polidos
a gramática oca
o cinismo que dissimula diálogo
não dizem nada

toda sensibilidade surda se rasga
no ouvir da palavra

escuta
como faz uma flor
se abrindo
para ouvir o sol
como faz uma janela aberta
que se sabe casa
mas deseja a vista

o lado de fora
o som do vento dançando com a água

escuta
com a superfície da pele
a textura impressa
no silêncio
os rodeios
os caminhos tortos
do impronunciável
mas dito em outros formatos:
idiomas sincréticos
língua criptografada na pele
sociedades secretas escondidas
na melodia dum sotaque
mãos que cuidam têm ouvidos em suas extremidades

autopoiese

se fiz de mim ingovernável e descabida
malcriada linguaruda e petulante
e se me olham torto de rabo de olho
se dou um risadinha de canto de boca, debochada
de criança peralta
como quem diz é-isso-mesmo-que-vim-fazer-aqui
se devolvo a violência que atiram ao meu corpo enfiando fundo
dois dedos nos olhos da moral cristã dos bons e velhos costumes
e da apatia contemporânea
se inventei uma casa feita de
matéria bruta:
saliva e gozo
gosto e repulsa
se inventei lugar nos não lugares
se cavei na pouca unha os espaços
as frestas
os vãos
os sins contidos nos nãos
se inventei
sintomas
aparatos
bugigangas
artefatos

pra suprir dum jeito
ora manco, frágil
ora onírico e fantástico
tudo que me foi negado
é pra contar a história inscrita
nas entranhas do meu corpo
para então deslembrá-la
rasgar as entranhas e
trair as narrativas a gramática polida a métrica a rima
e criar um corpo inventado
um corpo mais bicho
metamorfo
ora inseto ora touro
mar montanha água e choro
selvagem
despido
das palavras que você me veste.
minha palavra crua
minha voz pelada
minha carne nua
minha poesia suja
assusta você?
ou te faz sentir em casa?

*

um coração bruto
e curiosamente mole
desaprendo a língua da escassez
aprendo a falar em cornucópia a língua das vacas
que não têm chifres mas são gordas
não há alternativa senão
esse exagero esse descabimento
sou molhada mas também sou filha da terra árida
na secura, sou desértica
meus olhos um corte seco nos seus
no aguaceiro, inundação
meus olhos molhados chovem nos seus

me enamoro todos os dias
por todas as coisas ridiculamente belas que me invadem
e fazem de mim casa.
no espaço largo do meu tórax
moram afetos fundos
e encantos tenros

mas, primeiro, eu tive que morrer.
forjei minha própria morte
fugi de casa

fiz ecdises na minha casca
rasguei as fronteiras do corpo
destruí tudo
e fiz dos restos matéria da refeitura dos órgãos sob a carne
fresca frágil em brasa

eu já morri uma porção de vezes
eu já fui ao inferno e voltei outras tantas
eu já fui estilhaçada por todos os sentidos suspensos no ar
inteira me rasgando
eu já traí as narrativas que me queriam bicho manso
eu sou repetitiva mas eu canto
eu já pulei no fim do mundo e voltei montada na cavalaria
cavalgando sobre as pilhas dos meus finados cadáveres e peles
mortas e cascas ocas que se esfarelam enquanto eu danço
e meu coração é agora
de uma besta fera:
indomável, selvagem

cura

remendo e costura
dos rasgos
guardar em si
as ferramentas
para salvaguardar o corpo
curar talvez seja algo
menos etéreo menos divino
e mais tátil
como costurar as feridas
abertas do corpo
usar a palavra como agulha
o desejo como a linha
cerzindo o tempo
numa nova tecitura
reparando as (auto)mutilações
lambendo as feridas
arejando as cicatrizes
abrindo espaço
para que uma nova pele se refaça sobre o rasgo
uma pele mais grossa
uma pele mais sábia
onde se percebe
a textura do tempo

impressa no relevo
onde se mapeia a história das marcas
sem que delas jorrem as vísceras
mas sabendo
da sensibilidade ao toque
da memória que guardam do pranto
que por vezes escapa
do cuidado ao manusear objetos perfurantes
e da fronteira espessa da pele marcada
que resguarda o corpo do rasgo.
e na costura, perdoar quem fui
para que de mim renasça outra, remendada
o perdão é como uma dança: dançar com meu peito costurado
dançar com os fantasmas do passado
dançar como quem cura
dançar como quem costura o rasgo enquanto dança
dançar e curar como quem perdoa
perdoar sabendo da expansão do movimento
mas também do limite intransponível de um corpo remendado
que dança

oração

habitar
o escuro
o fundo
o oco
estar aqui agora
permanecer no susto
me contorcer
até que lá
na zona abissal do horror
se possa enxergar no escuro
sem se assustar
entregar o corpo
receber.

não ceder à urgência de traduzir o que querem dizer os hieróglifos
contemplá-los no silêncio
é só mistério
não tem segredo
o sagrado não é celeste
é terreno
um chão que treme no corpo

lá, no escuro de tudo
encontrar o pranto suave
escorrendo sem dor
ou resistência
ser embalada na lama de minha mãe
em sua força negra
que de tão forte, leve
sair de seu útero
outra vez
reencontrar a estranheza do mundo
e chorar de novo
o choro dos recém-nascidos

reza: uma contemplação
uma oração aos detalhes
o que é, é
não há por detrás
o fogo é o fogo
dançando no silêncio
eu também sou a chama.
o que é, é
só
e isso basta

axé

alimento que engorda a alma
centelha espiralar dançando no infinito

*

manteiga que desliza no pão
um coração manso
um riacho calminho
pra molhar os pés
e banhar as miudezas
cintilando sob o sol
molhadas de ternura
bolico y cafezin
numa tarde ensolarada de domingo
acordei cantando jorge ben
arruda guiné e alecrim
defumam o ar
não há uma nuvem no céu
a vida simples é boa
na mansidão dos touros
esse bicho que descansa os chifres no pasto
bebe água fresca do riacho
se deleita:
me sinto em casa

erês e ibejis

por debaixo das pernas
ver o céu de ponta-cabeça
fazer do corpo
um balanço alçando voo
mirando como destino
o desenho das nuvens

comer com as mãos
andar com os joelhos
estar mais perto do chão
fazer do corpo um quintal
um parque de diversões
feito de sucata meleca
e lixo polifônico

amolecer a carne num riso frouxo
dar cambalhota nas palavras
catar pedrinhas miudinhas no cotidiano
colecionar desimportâncias

no esconde-esconde,
redescobrir os encantos
nascendo no olhar
chamar a morte para brincar

*

um corpo gordo feito de fartura:
o ideal de beleza aos olhos de meu avô
sustância para sustentar o insustentável:
o vazio do estômago
comer é política
o meu estômago é um órgão político
e o seu também
o meu estômago é um órgão selvagem
e o seu também
nele estão gravadas
lembranças da estiagem
e nostalgia da colheita

polissemia antropofágica
galinha caipira
cuscuz
poesia
calor do fogo
alquimia

engrossar o caldo
extrair dele o sumo que nutre
e alimenta de encantaria o espírito

aguando a boca com os cheiros
que escapam
das palavras
ganhando sabores
ao serem debulhadas
comida na panela que resiste à fúria do fogo
e através dele se transforma
formas de nutrir essa fome chamada desejo

*

a colheita é festa
a semeadura, ritual
devoção cotidiana à terra
cuidar de si como quem fertiliza encantos
e dá de comer ao solo
celebrar como quem partilha com os seus
a abundância

meditação

música da lâmina afiada
perfume de coentro
cebola refogada
na cozinha
sou enfeitiçada
meus quadris dançam com panelas
minhas mãos encantam facas
não tempero palavra
manteiga e alho
escrevem umami na língua
contemplo a poesia
raspada do tacho
embebida de magia

um fetiche

a intimidade

*

mirando-te
com los dientes
te como
com los ojos

*

quero devorar o mundo
engolir tudo
chupar até o osso
como quem come galinha com as mãos
em público mesmo
ao meio-dia num boteco na praça da sé mesmo
e lambuza os beiços
chupa os dedos melecados
lambe o prato no final

a cara suja revelando a petulância a sem-vergonhice a depravação
e assusta os comedidos transeuntes com tamanha lascívia
obscenidade do desejo em frente à catedral
o cheiro da carne
a boca cheia d'água

e nos olhos dos homens o susto estampado
o nojo talhado
nas pupilas dilatadas
de quem viu uma mulher-bicho ao meio-dia na praça da sé
devorando a vida

apetite voraz
tenho fome
gulosa, vou comer o mundo
e gozar cada garfada lentamente mastigada
a contragosto da pressa em horário comercial

lamber você
e pedir mais
repeteco
lamber você
e pedir mais

a língua secreta dos bichos

as aranhas tecedeiras têm muitos olhos mas não são com eles
que elas enxergam
elas têm quatro pares de pernas
que saem da cabeça
— que também é tórax —
e do abdômen
e é captando a vibração
agitando as pequenas partículas escondidas no ar
que elas fazem suas teias
desenhos do invisível
traduzindo o que pulsa selvagem no silêncio ruidoso da mata
imagine que
elas não podem ouvir
o barulho dos mananciais
e o farfalhar das folhas onde seus predadores as espreitam
e o bater de asas das aves de rapina
imagine que você não pode ver seus predadores
mas você pode sentir o tremor em suas pernas
das patas silenciosas dos bichos que dividem o mesmo
ecossistema

as cobras também não têm ouvidos para saber seus predadores
elas escutam através das escamas táteis

e uma pele elástica que se estende seis vezes seu tamanho
e é vibrando o guizo sinuoso da serpente
ali na ponta da cauda onde se acumulam os anos
onde se ouve o barulho dos restos das trocas de pele chacoalhando
que elas se desfazem da condição de presa
e com a pele andam invisíveis rasteiras por debaixo das folhas
dão o bote

as aranhas e as cobras
têm um corpo vibrátil
captando a frequência das sutilezas suspensas no ar
o som é apenas uma vibração interpretada
a natureza selvagem do som é o vibrar
pulsando no silêncio

eu queria ter um cefalotórax
respirar onde penso
pensar onde respiro
até que não seja possível distinguir
ar e pensamento

me faço um par de patas
saindo do abdômen
onde tenho fome

me costuro uma pele de cobra rasteira
para adentrar o mistério

penetrar o feitiço
e ser penetrada pelo arrepio

o invisível é matéria de ver com os poros abertos
toque sútil do infinito

cavala

um corpo
metade
seios
outra metade
patas

trotando
montada no desejo
ela me cavalga

*

fontela
pizarnik
nascimento
esmenia
adélia
hilst
de jesus
martins marques
adilía
evaristo
lorde
freitas
hooks
clarke
amani
ariola
cidinha
szymborska
anzaldúa
e tantas outras
e você
que me lê
e ressoam

polifônicas
as vozes
de todas as mulheres
que ousam abocanhar
enfeitiçar
palavras
trair narrativas

animais desgarrados
que ousaram
vibrar
grunhir
gozar
se despir
ficar nua diante dx leitor

bicharada reunida
aranhas tecedeiras
tribadismo
esfrega-esfrega do léxico
panaceia

abrir a boca é muita coisa
escrever é muita coisa
para um corpo
que não deveria
mas mesmo assim
tem fome
e deseja

vamos fazer um pacto

a franqueza
selar com sangue
o pacto do desejo

*

fiz do corpo bicho manso
e, inda que bicho, animal domesticado
de garras aparadas
presas arrancadas
me quiseram corpo dócil
porque se furioso, brutalizado
porque se imponente, violentado
mas eu sim sou a fúria
deste corpo
que não pode ser domado
eu guardo aqui neste corpo
potência e destruição
morte e vida
gozo e repulsa
mansidão e fúria
eu guardo aqui neste corpo toda a fome insaciada
eu sou a fome
o apetite voraz do desejo
eu tenho fome de mundo
e eu vou devorar
tudo
que vocês decidiram nomear
de vida

fazer dela
meu alimento
estou viva estou curiosa estou furiosa estou faminta
meu sangue ferve meus olhos pegam fogo minha carne treme
por debaixo da pele em brasa
e meu corpo
é uma festa
ritual pagão
fogueira cigana
queimando na rua

selvageria

eu escrevo para digerir silêncios
mas acaba que sou mordida pela palavra
a natureza da mandíbula é o desejo

essa fome chamada desejo

quando anzaldúa disse que a vulva é uma ferida aberta. quando os guarani disseram que palavra e alma são uma só coisa. quando clarke disse que a intimidade não é luxo. e nem a poesia o é, quando lorde disse que ela não é feita apenas sonho mas também o esqueleto que estrutura nossas vidas:

eu ouvi. e quis chegar perto para ouvir mais límpido. como se fosse possível limpar os ruídos. não é. e para ouvir, às vezes, é preciso dar passos pra trás. não existe retrocesso. essa mentira colonial. o fim é o avesso do começo. tudo é feito de matéria bruta, centelha espiralar dançando no infinito. e é preciso devotar-se à selvageria. auscultar o silêncio. tudo pulsa, se você puder se demorar e comer devagar. há coisas que trotam e à galope te arrancam do lugar, te levam montada pra longe e o que nos resta é cavalgar em direção ao vento. cavalos selvagens não usam cabresto. outras, sussurram. como o beija-flor flutuando no ar bebericando o néctar no cálice da flor. qualquer ruído o afugenta fazendo voar pra longe suas asas silenciosas e igualmente ágeis batendo, em média, 53 vezes por segundo. e há coisas que é preciso jogar a isca e esperar esperar esperar esperar para nunca ver. outras, rompem os céus rasgam os mares e de supetão te arrebatam. você perde se não estiver atenta. em qualquer ocasião de sua aparição, não é possível capturar encantos. é preciso perder para crer.

e selvagem pode ser a boca da onça cheia de dentes sedentos mirando a presa. mas também o curso do rio e o som da água que se funde solúvel em tudo e não é possível distinguir silêncio e correnteza. há coisas escondidas nas margens que não mostram garras mas são igualmente ferozes. selvagem também pode ser um coração batendo-forte, alto, à peito nu-o único som preenchendo o espaço entre dois corpos famintos dividindo a noite.

há coisas que pra ver, usa-se a ponta dos dedos. coisa de ouvir com os poros abertos. tecnologia ancestral: o arrepio dos pelos. intimidade talvez seja olhar nos olhos da coisa e ter a coragem de ser encarada de volta. para ver não é possível se esconder. observar atrás da moita. a moita também te viu. e para ver é preciso ser vista, estar despida. se mesclar na paisagem se confundir com os fungos dançar com o vento. as coisas selvagens não confiam farejam o cheiro do medo e não vão deixar serem vistas por quem não selou o pacto da nudez.

e diante do que os olhos abocanham (ou tentam) e a pele esfrega na língua que lambe a seiva do tempo, as palavras formam ninhos e moram na garganta. passarinhos se preparam para quebrar a casca. não se sabe quando. nem quando vão alçar voo. nem se estavam prontos para decolagem. se choraram de dor ou de algum outro fluído que escorre ao nascer. alguns se antecipam. se espatifam. morrem e velam-se pequenos cadáveres despenados antes mesmo de maturarem asas robustas cobertas de penas brilhantes, coloridas, vistosas... outros alçam voo antes mesmo que a garganta esteja pronta para desabitar seu ninho. na maternagem, chamam isso síndrome do ninho vazio. a garganta chama isso de síndrome do ninho de palavras vazio. não há nada que a garganta — imbuída da constante tarefa de abrir-se para nutrir — possa fazer, além de deixar ir. e as cascas vazias ocas quebradiças enfeitando o céu da boca. e os cadáveres no estômago. é preciso digeri-los, sim. honrar a morte fazer dela alimento. e as palavras voando soltas pousando em outras línguas e bebericando de outras bocas encontrando na revoada seu indomesticável destino – ir. e indo, mover-se pela fome. deslocar-se pela sede.

escrevo porque tenho essa fome. e um corpo feito de tecidos, ossos, órgãos dilatados outros mutilados cheios de sangue, um esqueleto feito de poesia e um oco no meio do corpo por onde passam os mais variados fluídos, entre eles esse que faz aguar a boca e suar a nuca escorre da garganta e pinga entre as pernas vertendo da ferida aberta. vivo porque tenho essa fome chamada desejo.

■ primeira edição
■ novembro de 2023